어떤 나무를 찾아 떠난
어떤 새에게

Moon 보영

2024 겨울을 바라보며
앤 아버에서

어떤 새의 이름을 아는 슬픈 너

어떤 새의 이름을 아는 슬픈 너

문보영

위즈덤하우스

차례

1

아침 일찍 숙소를 나선 경섭과 효진은
파티마로 향하는 버스에 몸을 실었다.
효진은 창밖의 나무가 사람의 뒷모습 같다고
생각했다. 나무는 표정이 없어. 그건 나무가
우리에게 늘 뒷모습만 보여주기 때문이야.
효진은 번갈아 나타나는 밀밭과 올리브나무
밭을 바라보며 생각했다.

　　—하늘에 떠 있는 동안 두 분이나

돌아가신 거야.

부부는 은퇴 여행으로 포르투갈
한달살이를 계획했다. 비행기가 리스본
델가도 공항에 착륙했을 때, 부부의 휴대폰
메시지 수신함에는 부고 문자가 한 통씩
도착해 있었다. 하나는 효진의 중학교 동창인
향미의 어머니가 돌아가셨다는 소식이었고,
한 통은 경섭의 회사 후배 태진의 부고
소식이었다. 향미는 효진에게 여행 일정을
접고 귀국할 생각은 하지 말라고 거듭
강조했다. 향미가 아는 효진은 그러고도 남을
사람이었다.

─성당이 많으니까 기도를 하는 건
어떨까.

효진은 창밖을 바라보며 혼잣말을 했다.
파티마에 도착했을 즈음엔 날이 흐려지더니
추적추적 비가 내렸다. 부부는 리스본에서

3일을 지내고 근교 여행을 왔다. 포르투갈 중부에 위치한 시골 마을인 파티마는 리스본에서 약 120킬로미터 정도 떨어진 성지로, 성모마리아가 발현했다는 떡갈나무가 있던 곳에는 예배당이, 세 명의 어린 목동이 묻힌 곳에는 파티마 대성당이 서 있었다. 부부는 하얀 회랑을 따라 걸으며 벽화를 구경하다가 성당으로 들어갔다.

　　—환해서 사람들이 너무 잘 보여.

　　경섭은 천장으로 쏟아지는 빛이 의아했다. 밖은 어두운데 빛이 어디서 오는 거지? 커다란 창으로 들어오는 빛은 흰 대리석을 비추며 실내를 한층 환하게 만들었다. 벽과 기둥, 바닥이 순백의 대리석으로 마감된 성당은 낯선 분위기를 자아냈고, 창백한 분위기에 압도된 부부는 미사가 끝나자 양초를 사러 나갔다.

양초 가게에서는 밀랍 향기와 비 냄새가
났다. 양초는 흰 플라스틱 바구니에 쌓여
있었는데, 양초를 파는 사람은 보이지 않았고,
그래서 효진은 양초 스스로 자신을 파는
것 같다고 생각했다. 그녀는 흰 플라스틱
바구니에 쌓여 있는, 투박한 양초 세 자루를
집으며 언젠가 이곳을 냄새와 향으로
기억하게 되리라 생각했다.

대성당 내부와 주변에는 작은 규모의
양초 봉헌소가 있었다. 하나는 소각장 형태로,
관광객들은 비닐봉지에서 양초를 꺼내 불길
속으로 던졌다. 양초는 흐물거리며 순식간에
형체를 잃었다. 양초에 직접 불을 붙이고
싶었던 부부는 건물 옆에 있는 또 다른
봉헌소로 향했다. 봉헌소의 벽면은 검게
그을린 흔적으로 가득했고, 홀더에 꽂힌
양초들은 힘없이 흐물거리며 가래떡처럼 뒤로

축 처지기도 했는데, 그 모습은 떡을 뽑아내는 방앗간을 방불케 했다. 경섭이 우산을 들고 있는 동안 효진은 검은 홀더에 양초를 꽂고 불을 붙였다. 하나는 가족을 위한 것, 하나는 돌아가신 두 사람을 위한 것이었다.

—남은 한 자루는 기념품으로 산 거야?

경섭이 물었다.

—아니, 이것도 피울 거야.

사실 효진은 마지막 양초를 누구를 위해 태워야 할지 몰랐다. 그래서 마음속으로 속삭였다. 아무에게나. 그런데 불도 잘 붙지 않고 양초는 자꾸 고꾸라졌다. 수신인을 명확히 하지 않아서 수취인 불명이 된 건가. 효진은 찜찜한 마음에 무리해서 불을 붙였는데, 그만 검지 손톱이 불에 그을리고 말았다.

—조심 좀 하지.

경섭이 검게 탄 손톱을 보며 말하자,
효진은 그게 중요한 게 아니라는 듯 두 손을
모아 기도를 했다.

　—아무에게나라는 말은 취소하겠습니다.

그것이 기도의 내용이었다. 불꽃은 점점
커지며, 은은한 빛을 밝혔다. 효진에게 마지막
양초는 아픈 손가락 같았다.

2

파티마에서 돌아온 부부는 리스본에서
열흘을 더 보낸 뒤 포르투로 이동했다. 활기가
넘치고 다채로운 리스본과 달리 포르투는
회색빛의 고요한 도시였다.

　—앞으로도 잘할 수 있을 것 같아.

효진은 숙소 현관에 캐리어를 내려놓으며
말했다. 여행을 떠나기 전까지만 해도 걱정이

한가득이었는데, 낯선 나라에서 2주를 버틴

것만으로 효진은 내심 뿌듯했다. 낡은 아파트

3층에 위치한 숙소는 주인의 취향이 묻어

있는 아기자기한 장식품과 사물로 가득했고

주방에는 오래된 가전제품과 조리 도구들이

구비되어 있어 요리를 하며 지내기에

충분했다.

　　—서울에서 왜 전화가 왔지?

　　캐리어 지퍼를 열고 짐을 푸는데 경섭의

휴대폰 진동이 울렸다. 서울은 밤 10시였기

때문에, 경섭은 의아해하며 전화를 받았다.

　　—안녕하세요, 이경섭 님 휴대폰

맞을까요?

　　수화기 너머의 목소리는 차분하고

조심스러웠다.

　　—네, 맞습니다.

　　—저는 주함부르크 대한민국 총영사관의

실무관 김지혜라고 합니다. 혹시 고길자 님을
아시나요?

　순간, 경섭은 마음이 쿵 하고 내려앉는
것을 느꼈다.

　—네, 저희 이모예요.

　이모라는 말에 효진은 캐리어 뚜껑을
조용히 닫고, 경섭의 통화에 귀를 기울였다.

　—확인해주셔서 감사드립니다. 전화로
소식을 전해드리려니 마음이 편하지
않은데요, 고길자 님께서 자택에서 돌아가신
채 발견되었어요. 독일에 가족이 없으셔서
여러 경로로 알아보다가 연락드렸습니다.

　짧은 침묵이 흐른 뒤, 실무관은 말을
이었다.

　—건물 관리인의 신고로 경찰이
출동했는데 자택 욕실에 쓰러져 계셨다고
해요. 이미 2주 정도 지나서였고요. 자세한

경위는 경찰에서 조사 중입니다.

　—제가 마침 유럽에 있습니다.
포르투갈에서 아내와 여행 중이거든요.

　경섭은 여행 일정을 정리하고 독일로
가겠다는 말을 남긴 뒤 통화를 종료했다.

　—독일 이모가 돌아가셨대.

　그 말을 들은 효진은 전화가 걸려오기
직전에 자신이 내뱉은 말을 상기했다.
앞으로도 잘할 수 있을 것 같아. 그
사실이 우습게 느껴졌다. 어떤 말은 미리
내뱉음으로써 미래에 가서 어깨를 토닥인다.
그러나 무엇을 잘할 수 있을까? 하필 유럽
여행을 하던 도중에 이런 일이 일어났는지.
하필이라고 해야 할까, 마침이라고 해야 할까.

3

다음 날, 경섭은 총영사관에서 온 전화가 독일 국가 코드인 49가 아닌 02였다는 사실이 뒤늦게 기억났다. 그것이 어쩌면 이모의 소식을 받아들이는 데 조금 도움이 되지 않았을까. 그런 생각을 하며 그는 공항으로 향했다. 부부는 포르투에서 파리를 경유해 함부르크로 건너갔다.

4

주함부르크 대한민국 총영사관 진입로에는 깔끔하게 정돈된 작은 정원이 있었다. 관목은 가지런히 정리되어 있었고, 어디선가 물이 흐르는 소리가 들렸는데 분수가 있거나 강이 흐르는 것은 아니었다.

부부는 엘리베이터를 타고 3층에서 내렸다.

— 안녕하세요, 부영사 정기태입니다.

유리문 너머로 부부를 알아본 부영사는 문을 열어주며 자신을 소개했다. 작고 깔끔한 사무실에는 처음 전화 통화를 했던 실무관, 그리고 또 한 명의 직원이 있었고 작은 의자에는 교민들이 몇 명 앉아 있었다. 부부가 예상했던 엄숙하고 사무적인 분위기와는 거리가 멀었다. 부영사는 작은 복도 끝에 있는 방으로 부부를 안내했는데, 느슨한 넥타이와 셔츠 소매를 걷어 올린 모습에서 일상적이고 소탈한 그의 성격을 짐작할 수 있었다.

— 여기까지 오시느라 힘드셨죠.

부영사는 독일 사탕과 쿠키 등을 내어주며 말했다. 그는 미니 냉장고를 열어 조각 케이크와 주스를 꺼냈고, 더 줄 것이 없는지 주위를 둘러보았다. 어딘가 산만하고

안절부절못하는 모습이었는데 부부는 그가
어떻게 애도를 표해야 할지 몰라서 쩔쩔매고
있다는 걸 눈치챌 수 있었다.

　—아직 경찰 조사가 진행 중이에요.
함부르크 법의학 연구소에서 이모님의 시신을
모시고 있는데 그곳에서 사인을 분석하고
있습니다. 결과에 따라 부검을 해야 할 수도
있고요.

　부영사는 외부의 침입 혹은 외상이
발견되지 않아, 자연사로 결론지을 확률이
높다고도 덧붙였다.

　—그럼 저희가 할 일은 무엇일까요?

　경섭은 물었다.

　—당장 하실 것은 없어요. 일단은
기다려야 할 것 같습니다.

　그 이야기에 경섭의 마음이 무거워졌다.

　—우선, 조사가 끝나야 장례식과 화장을

할 수 있는데요, 한 달 정도 걸릴 것으로
예상됩니다.

　—한 달이나요?

　독일에서 한 달이나 머물 수는 없는
노릇이었다.

　—생각보다 오래 걸릴 거예요. 독일은
행정절차가 일부 수기로 이루어지기 때문에
처리가 아주 느리거든요.

　—그럼, 이모 집에는 들어가지 못하나요?

　효진은 부영사가 내어준 주스를 한 모금
마셨다. 작년 여름, 경섭과 효진은 이모의
집을 방문했었다. 복도식 아파트 2층에
위치한, 햇빛이 잘 드는 방 한 칸짜리 작은
집이었다.

　—아직은요. 선생님과 이모님 사이의
친족 관계가 공식적으로 증명된 것은
아니거든요. 두 분의 관계는 저희가 찾은

자료로 유추한 것인데, 원본 서류를 독일
경찰에게 전달해야 해요.

　　—어떤…….

　　—우선, 선생님과 어머니의 관계를
증명하는 가족 관계 증명서가 필요해요.
그리고 어머니와 이모님이 형제지간이라는
사실을 증명할 수 있는 서류도 필요하죠.
그래야 두 서류를 종합해서, 이모님과
선생님의 친족 관계를 증명할 수 있으니까요.
그런데 저희가 확인한 바로는 어머니께서
가족 관계 등록 제도가 실행되기 전에
돌아가셨기 때문에 어머니와 이모님이
형제지간이라는 사실을 증빙할 수 있는 제적
등본이 필요해요.

　　—옛날 가족 증명서 같은 것을
말씀하시는 거지요?

　　경섭은 물었다.

—네, 맞아요. 수기로 작성되어 있는. 일단 저희가 사본은 찾았고, 원본을 제주 시청에 요청해두었습니다. 원본이 있어야 선생님께서 사망진단서를 받을 수 있고, 이모님의 유골을 국적기에 실을 수 있거든요.

—아.

—그리고 혹시, 가족 관계도를 그려주실 수 있으실까요?

부영사는 책상에서 A4 용지 한 장과 연필 한 자루를 가져와 경섭에게 건넸다. 경섭은 빈 종이 한가운데 고길자 석 자를 쓴 뒤, 이름을 중심으로 마인드맵을 그리듯 가지를 뻗어나갔다.

5

간호사였던 길자 씨는 60년 전, 22세의

나이에 제주도를 떠나 독일행 비행기에
몸을 실었다. 당시 그녀는 마을에서 대학을
다니는 유일한 여성이었다. 초등교육까지만
받은 두 언니와 달리 그녀는 고등학교 졸업
후 간호 전문대에 진학했다. 그리고 재학
시절, 느닷없이 독일에 가겠다고 선언했다.
남편과 일찍 사별한, 그녀의 어머니 강경자
씨는 가업을 유지하며 홀로 자식들을 키웠다.
그녀는 막내딸이 자신처럼 고생하는 대신,
두 언니처럼 가정을 꾸리고 아이들을 키우며
살기를 바랐다. 공부를 시켜달라는 성화에
못 이겨 대학까지 보냈는데, 느닷없이
독일에 가겠다는 막내딸의 선언은 그녀에게
청천벽력과도 같았다. 해외는커녕 서울도
가본 적 없는 막내딸이었으니까.

　　─난 가야 허쿠다.

　　길자 씨는 어머니를 설득할 다른 말을

찾지 못했다. 그리고 설득해야 할 필요도 크게 느끼지 못했다. 자신의 직관을 어떻게 타인에게 전달할 것인가? 그런 능력은 그녀에게 없었다. 그녀는 한번 목표를 정하면 끝까지 밀고 나가는 성격이었고, 타인의 의견은 그녀에게 그리 중요한 것이 아니었다. 심지어 그녀는 왜 이 문제로 어머니와 다퉈야 하는지 몰라서 어리둥절할 뿐이었다. 그리고 경자 씨는, 싸움의 필요조차 느끼지 못하는 막내딸이 답답했다. 그녀는 막내딸이 투박하게나마 자신을 설득해주기를 바랐지만 길자 씨에게는 그런 붙임성이 없었고, 경자 씨는 딸이 제주를 떠날 때까지 등을 돌린 채 앉아 있었다고 한다.

길자 씨는 독일로 떠났다.

그리고 17년이 흘러 고향 땅을 밟았다.

경섭은 그녀가 독일로 떠난 이듬해에
태어났기 때문에, 고등학생이 될 때까지
그녀를 본 적이 없었다. 하지만 어려서부터
독일 이모에 관한 이야기를 많이
들었을뿐더러, 그녀가 조카들에게 1년에
한두 번씩 꼭 선물을 보내곤 했기 때문에
경섭은 이모에 관한 단편적인 기억을 지니고
있었다. 그중 경섭의 기억에 남은 것은
이모가 보낸 크리스마스카드였다. 테두리에
파란 빗금이 빽빽하게 그어진 국제우편이
도착하면, 조카들은 마루에 모여 함께 봉투를
뜯어보곤 했다. 입체 궁전이 나타나는 팝업
카드였다. 각 층이 명확히 구분된 계단은
건물의 중심부인 아치형 문으로 이어졌으며
지붕은 여러 층으로 세밀하게 나뉘어
있었고, 궁전 앞에는 푸른 강이 흘렀다.
카드를 접으면 그 세계는 얌전하게 제자리로

돌아갔다. 그 외에도 이모는 만년필, 초콜릿, 독일제 장난감과 학용품 등 매년 이국적인 선물들을 보내곤 했다. 조카들에게 독일 이모는 지구 건너편에서 신비로운 물건을 보내는 산타클로스, 먼 나라로 모험을 떠난 미지의 인물이었다. 경섭이 머릿속으로 그린 이모는 키가 크고 인자한 미소를 짓는 성숙한 어른이었고, 그렇기 때문에 이모를 처음 보던 날, 마음속으로 그렸던 인상과 다른 모습에 경섭은 조금 놀라고 말았다.

　―완전 어린애 같은데?

　그것이 이모에 대한 경섭의 첫인상이었다. 17년 만에 고향을 찾은 이모는 마흔에 접어들었지만, 나이에 비해 앳된 모습이었다. 까무잡잡한 피부에 체구가 아주 작고 빼빼 말랐으며 반듯한 단발머리는 한 치의 흐트러짐이 없었다. 짧게 자른 앞머리 아래로

드러난 숱이 많은 눈썹은 그녀의 또렷한 이목구비를 더 돋보이게 했다. 마흔이라는 나이를 짐작하지 못하게 하는 요인에는 그녀의 미소도 한몫했다. 이모는 언제라도 피식 웃을 준비가 된 것처럼 입꼬리가 살짝 올라가 있었다. 그녀는 아무도 웃지 않는 순간에 홀로 무언가를 떠올리며 남몰래 씨익 웃곤 했는데, 이유는 입 밖으로 내지 않았다. 그리고 특유의 앵앵거리는 목소리와 높은 목소리 톤은 어머니와 있을 때 유난히 도드라졌다. 제주를 떠난 지 17년이나 흘렀지만, 어머니 앞에서는 막내딸 특유의 말투가 되살아났던 것이다. 어머니에게 어리광을 부리고 툴툴대는 모습이 경섭의 눈에는 꼭 어린애처럼 보였다. 그 사이의 시간은, 공백은 사라지는 거구나. 경섭은 막연히 짐작했다.

게다가 이모의 옷차림 역시 다른
이모들과는 아주 달랐다. 검정 고무신에,
허리가 넉넉하고 밑단이 좁은 몸뻬 바지나,
감즙으로 염색한 갈옷을 즐겨 입던 당시
어머니들과 달리 이모는 색상을 깔맞춤한
재킷과 바지, 기하학적인 패턴의 A 라인
드레스나 짧은 반바지에 무릎까지 오는 은색
고고 부츠를 즐겨 입었다. 마을 사람들은
그런 모습을 보며 수군거리기도 했지만, 그런
관심조차 오래가지 않았다. 이모는 조만간
독일로 돌아갈 사람이었고, 처음부터 그들의
마음속에서 그녀는 외국인이었기 때문이다.

이모는 고향으로 돌아올 생각이 없어
보였다. 가족들은 지금이라도 그녀가 제주로
돌아와 가정을 꾸리기를 바랐지만, 이모는
결혼을 하거나 아이를 키우는 일에는 별
관심이 없었고, 다른 이모들이 애인이 없냐고

물으면, 글쎄, 사랑이 뭘까? 난 그게 뭔지
모르겠어, 하고 천진하게 되묻는 식이었다.
다른 이모들은 고개를 절레절레 젓곤 했다.

이모는 가족들에게 독일인 간호사들과
찍은 단체 사진을 보여주며 그들의 이름과
성격을 읊기도 했는데 경섭이 기억하는
건, 이모가 그중에 가장 키가 작았다는
사실뿐이었다. 독일에서의 삶은 사진만으로는
좀처럼 잘 상상되지 않았고, 경섭의 눈에
그것은 이모가 보내준 입체 카드처럼 낯선
삶이었다.

─경섭아, 친구들 부르라. 파티허게.

어느 날, 마당에 앉아 책을 읽던 이모는
학교에서 돌아온 경섭을 불렀다. 파티라니.
영어 수업 시간에나 들었던 익숙하지 않은
단어였다. 어색하고 낯간지러운.

─그냥 맛있는 거 먹으면서 대화하는

거야.

　수줍음이 많고 내성적이었던 경섭은
건성으로 대답하고 방으로 들어갔다. 딱히
부를 친구도 없을뿐더러, 친구들에게
파티하자는 말을 내뱉을 자신은 더더욱
없었다. 반면 경섭의 동생인 성희는 신이 나서
동네 아이들을 잔뜩 모아 왔다. 그날 저녁
이모는 마을 아이들에게 파티를 열어주었다.
이모가 얘기한 대로 시시껄렁한 얘기를 하며
빵과 쿠키, 사이다 같은 걸 먹는 게 전부였다.
하지만 파티라는 단어는 아이들의 마음을
들뜨게 하기에 충분했고, 경섭은 그런 이모가
자랑스러우면서도 조금 부끄러웠다.

　사람들이 이모를 외국인처럼 느꼈던
이유는 그녀가 사용하는 언어나 그녀의
옷차림 때문만은 아니었을 것이다. 경섭은
이모가 제주를 떠나지 않았더라도 얼마간

그런 모습이었을 것이라 짐작했다. 당시
이모가 가장 많이 들은 말은 독일 사람 다
됐네, 였는데 지금 와서 생각해보면 경섭은
그 말이 조금 슬프게 들렸다. 이모는 제주를
떠나기 전에도 특이하고 유별나다는 말을
많이 들었다는데, 그 말이 독일 사람 다 됐네,
로 대체된 것은 아닐까.

길자 씨는 독일로 돌아갔고, 어머니가
세상을 뜬 이후로는 오래도록 제주를 찾지
않았다.

6

아침 일찍 눈을 뜬 경섭은 사과를 얇게
썰었다. 그리고 반으로 가른 크루아상에
양상추와 사과 슬라이스, 계란프라이를
겹겹이 올려 아침을 준비했다. 한식이

고픈 날에는 누룽지와 삶은 계란, 참치 통조림으로 아침 식사를 대신했다. 부부는 매일 만 보씩 걸었고 일찍 잠자리에 들었으며, 남는 시간에는 노트북으로 영화를 보았다. 영사관에서 연락이 오기까지 부부가 할 일은 그저 시간을 죽이는 일뿐이었다.

오후에 부부는 함부르크 시내 중심부에 위치한 알스터 호수로 향했다. 그들은 작년에 이모와 함께 걸었던 산책로를 걸었고, 야자수가 보이는 노천카페에서 커피를 마셨으며 이모와 가보지 않았던 곳도 갔다. 그렇게 시간을 끌다가 결국 이모가 사는 동네까지 당도했다. 아무도 이모의 집에 가자는 말은 내뱉지 않았지만, 그들은 어느새 이모의 집 앞에 서 있었다.

시외의 조용한 동네. 붉은 벽돌집. 아직 들어갈 수 없는 이모의 집이었다.

7

경섭과 효진은 자연스럽게 그 집의
구조와 이미지를 떠올릴 수 있었다. 작년,
부부는 석 달째 연락이 끊긴 이모를 찾기
위해 무작정 독일로 갔었다. 이모는 고향으로
돌아오고 싶은 기색을 내비친 적이 없고,
가족들의 설득에도 불구하고 독일에서의
삶을 고수했다. 그런데 몇 년 전, 고향을
찾은 이모는 느닷없이 제주도에서 노년을
보내겠다고 했다. 어머니와 형제자매 모두
세상을 뜬 이후였고, 남아 있는 가족은
조카들이 전부였다. 추석이어서 마침
제주도에 있었던 효진과 경섭은 이모를 만날
수 있었는데, 그때 경섭은 이모가 독일 생활을
마무리 짓고 제주로 올 때 독일로 모시러
가겠다고 약속했던 것이다. 그리고 이모는

독일로 돌아가기 전에 효진과 경섭의 서울
집에 묵으며 그들과 시간을 보냈다.

　　이모는 서울 구경이 처음이라고 했다.
가고 싶은 곳이 있느냐 물으니 이모는
아무것도 모른다고 했다. 경섭은 인터넷에
검색을 하다가 '외국인 친구 서울 구경
코스'라는 게시물을 클릭했다. 그들은 이모를
모시고 경복궁, 북촌 한옥 마을, 남산타워,
인사동 등을 둘러보았는데, 정작 이모는
집에서 고등어를 구워 먹고 동네를 산책하는
시간을 제일 좋아했다.

　　이모는 3주 정도 지내다 독일로 돌아갔다.
그러나 이듬해 팬데믹으로 인해 그녀의
귀향은 무기한 연기되었고, 연락마저 끊기고
말았다. 하물며 이모가 적어준 독일 집 주소는
건물과 호수가 누락되어 있었다. 경섭은 그
불완전한 주소가 꼭 이모를 닮은 것 같았다.

경섭은 효진을 설득해 이모의 집을
찾아가기로 했다. 일단 도착하면 어떻게든
이모를 만나게 될 거라고 믿으며, 그들은
무작정 독일행 비행기 티켓을 끊었다.

그렇게 부부는 독일로 향했다. 그리고
이모가 사는 동네까지 어찌어찌 당도하긴
했지만 정확한 주소를 모르니 동네를
배회하는 것이 최선이었다. 거기서 거기인
붉은 벽돌 건물이 줄지어 있는, 시간이 멈춘
듯 고요한 동네였다. 붉은 벽돌 건물을
따라 걷던 중, 부부는 건물 현관에 부착된
스테인리스 초인종 패널을 발견했다.
패널에는 초인종 버튼이 두 줄로 배열되어
있었고, 각 버튼 옆에 작은 네임 플레이트가
붙어 있었는데, 투명한 플라스틱 커버 안에,
거주민의 성이 적힌 이름표가 삽입되어

있었다. Müller, Schmidt, Schneider, Fischer,
Weber, Wagner/Becker, Meyer, Wagner. 모두
독일인들의 성이었다. 그들은 또 다른 붉은
건물로 갔다. 그리고 또 다른 붉은 건물로……
Hoffmann/Schäfer, Becker, Ko, Hoffmann,
Schäfer, Koch, Bauer, Ullmann/Steffens……
그러다 그들은 익숙한 성을 발견했다.

　　—Ko다!

　　경섭은 외쳤다. 독일인밖에 없는 이
동네에 제주도 성씨인 고씨를 지닌 사람이
이모 말고 또 있겠는가. 부부는 부둥켜안으며
환호했다. 경섭은 이모를 다 찾은 거나
마찬가지라고 생각하며 초인종 버튼을
눌렀다. 그런데 응답이 없었다. 목소리라도
들릴까 해서 경섭은 건물을 향해 이모를
불렀지만 여전히 반응이 없었다. 그쯤
되자 그들은 이모에게 무슨 일이 생긴 건

아닐까 초조해졌다. 게다가 보안상의 이유로
패널에는 거주민의 성만 적혀 있을 뿐, 호수는
적혀 있지 않아서, 건물로 들어간들 일일이
문을 두드려야 할 판이었다. 그렇게 10여
분을 고전하는데, 흰색 셔츠에 청바지를 입은
독일인이 카드를 찍고 건물 안으로 들어갔다.

　—Excuse me. Do you know Ko?

　독일인은 머리를 갸웃하며 경섭을
쳐다보았다.

　—Umm…… like me!

　경섭은 자기 자신을 가리켰다. 이모를
설명할 문장이 '나 같은 사람'이라니. 효진은
한숨을 내쉬며 휴대폰을 꺼내 이모의 사진을
보여주려는데, 독일인은 고를 안다고, 건물에
사는 동양인은 한 명이라고 했다. 그는 부부와
함께 2층에서 내린 뒤 복도 끝에서 세 번째
집을 가리켰다. 그 집에 고가 산다고 했다.

부부는 연거푸 감사 인사를 하고 이모의
집으로 걸어갔다.

　—안에 누가 있는 거 같은데?

　초인종에 반응이 없자 효진은 문에 귀를
갖다 댔다.

　—이모! 이모!

　경섭은 문을 두드리며 이모를 불렀다.
그러자 복도로 나 있는 작은 창문이 열리더니
길자 씨가 얼굴을 빼꼼 드러냈다. 흐트러짐
없이 잘 정돈된 이모의 앞머리가 그렇게
반가울 수 없었다.

　—경섭이, 효진이 아니냐?

　이모가 문을 열어주자 부부는 갑자기
울음이 터졌다.

　—우리 이모도 아닌데 나는 왜 우는
거지?

　효진은 눈물을 훔치며 말했다. 해외여행

경험이 많지 않았던 이 부부에게는 이모를 찾는 모든 과정이 모험에 가까웠다. 그들은 고된 여정으로 갑자기 설움이 복받쳤고, 안도감에 눈물을 흘렸다. 그런데 이모에게서 똑같은 반응을 기대해서는 곤란하다. 그녀는 자신이 걱정되어 독일까지 날아온 조카 부부에게서 감동을 받는 사람이라기보다는 재미를 느끼는 사람이었으니까. 길자 씨의 얼굴은 순수한 기쁨으로 물들었다. 그녀는 자신을 걱정하는 조카의 마음, 무작정 그녀를 찾아 나서기로 한 결정, 비행의 고단함, 주소 오류로 인한 헤맴 따위에는 관심이 없었다. 설명해봤자 이모는 키득키득 웃을 뿐이었다.

　　ㅡ신기하다!

　　그것이 이모의 유일한 반응이었다.

8

　이모의 집은 잡동사니의 천국이었다.
책, 잡지, 나뭇잎, 솔방울, 도토리 열매, 각종
전단지와 돌멩이, 컵, 신문지, 동전 지갑 등
오래된 사물들에 먼지가 수북이 쌓여 있었고,
낡은 이젤과 붓, 팔레트 같은 그림 도구와
붉고 푸른 패턴의 오래된 카펫은 어수선함을
가중시켰다. 하지만 사물들은 나름대로
조화를 이루고 있었다. 경섭은 햇살에
떠다니는 먼지를 눈으로 좇으며 생각했다.
큰 창문을 통해 쏟아져 들어오는 햇빛이
사물들을 진정시키고 있다고.
　—나중에는 가야겠지. 그런데 지금은
아니야.
　이모는 노란 주전자에 물을 끓이며
답했다. 귀향에 대한 경섭의 질문에 이모의

반응은 미적지근했다. 처음부터 이모는
귀향에 대한 의지가 확고하지 않았다. 수시로
마음이 바뀌곤 했으니까. 그래서 경섭은
이모가 마음을 먹었을 때 제주도로 모시고
오고 싶었던 것이다.

이모는 옻칠이 벗겨진 작은 나무
상자에서 찻잎을 꺼내 차 망에 털어 넣은 뒤,
찻잔에 뜨거운 물을 부었다. 찻잎이 풀어지고,
물은 맑은 초록빛으로 물들었다.

—한번 마셔봐.

경섭은 이모의 결정을 존중해야 하는
것을 알면서도, 설득하고 싶은 마음을 누르기
힘들었다. 이모는 나무 받침대에 차 망을
올려놓았다.

—어때?

이모는 이미 경섭의 질문은 잊어버린 것
같았다. 이모에게 그 문제는 그렇게 복잡하지

않은 듯했다. 모 아니면 도지. 뭐가 그렇게
복잡해? 그게 이모였다. 그녀는 전에도
그러했듯, 자신의 선택에 대해 설명할 필요를
잘 느끼지 못하는 듯했다.

　　—나중에 가주게.

　　효진과 이모가 담소를 나누는 동안
경섭은 볼일을 보러 욕실로 들어갔다.
거실과는 대조적으로 축축하고 서늘했고,
창문이 없어 빛이 들어오지 않았으며 조명이
켜지지 않았다.

　　—이모, 어두운데 괜찮수과?

　　—난 다 보여.

　　이모는 말했다. 빛이 없는 건 문제가
아니라는 듯이.

9

며칠 뒤, 부부는 경찰 대동하에 이모의
자택을 방문할 수 있었다.

—딱 30분이에요. 시간이 되면 경찰이
알려줄 거예요.

부부보다 일찍 경찰서에 도착한 부영사는
말했다. 아직 이모의 집을 정리할 수는
없지만, 여권은 가지고 나올 수 있다고 했다.
효진은 그 말을 듣자 알라딘과 요술 램프가
떠올랐다. 다른 것에는 절대 손대지 말고
램프만 가지고 나오라던 마법사의 경고를
무시하고, 눈앞에 펼쳐진 황금과 보석에
유혹되어 황금 사과를 만졌다가 동굴이
무너지고 입구가 닫혀버린 이야기. 그 뒤의
내용은 기억나지 않았다.

—이모가 우리 집에서 머문 건 고작

며칠인데, 어쩌다 이런 특별한 경험을 하게 된 걸까.

효진은 생각했다. 이 모든 여정을 제삼자인 효진이 동행하는 것은 당연한 것이 아니었다. 20년 동안 연락 한 번 없었고, 어렸을 때 선물을 보내준 것 외에는 이렇다 할 접점도 없는, 타인이나 다름없는 이모를 위해 독일까지 가는 경섭을 이해하기란 쉽지 않다. 3개월 동안 연락이 안 된다고 독일까지 찾아가질 않나, 유럽 여행을 하다가 시신을 수습하러 함부르크까지 가질 않나. 이 이야기를 들은 효진의 지인들은 다들 한마디씩 말을 얹었다. 네가 왜 그 고생을 해? 그런데 효진은 경섭의 황당하고 무모한 면을 이해하는 유일한 사람이기도 했다. 경섭에게 인연은 그 사람과 지낸 시간의 총량으로 결정되는 것이 아니라는 것을 효진은

이해했다. 그리고 이 여정이 마냥 남편만을
위한 것도 아니었다.

길자 씨가 그들의 집에 머무는 동안에는
마치 고양이가 한 마리 있는 것 같았다.
그녀는 혼자 지내는 생활에 익숙해져서인지
말이 없었고 대부분의 시간을 방에서 책을
읽으며 보냈다. 효진이 바라본 길자 씨는
자신의 과거를 얘기하지 않는 사람이었다.
타국에서의 고단했던 나날을 짐작할 수
있었지만 자기 이야기는 잘 하지 않았고,
상대방의 이야기를 묵묵히 들어줄 뿐이었다.
이모가 겪은 여러 사건 사고와 부당한 일에
대해 전해 들은 적이 있지만, 물어보지 않는
한 그녀는 먼저 이야기를 꺼내지 않았다.
효진은 드문드문 방에 들어가 길자 씨와
얘기를 나누곤 했는데, 그녀와 얘기를
나누며 자신에게도 이야기를 들어줄 사람이

필요했다는 것을 깨달았다. 그러나 그녀에게 무슨 얘기를 했는지는 기억이 나지 않고, 그저 길자 씨가 그녀의 이야기를 들어준 것만이 기억에 남아 있다. 길자 씨는 언제나 효진을 이름으로 불렀다. 길자 씨에게 효진은 조카의 처가 아니었고, 누군가의 며느리도 아니었고, 누군가의 엄마도 아니었으며 그저 효진이었다.

부부는 부영사의 차를 타고 경찰차를 따라 이모의 집에 도착했다.

—저희는 밖에서 기다릴게요. 그리고 필요하면 조금 이따가 이것도 빌려드릴게요.

실무관은 가방에서 스프레이형 탈취제를 꺼내 보여주었다.

경섭은 복대 가방에서 라텍스 고무장갑과 푸른 마스크를 꺼내 착용한 뒤, 심호흡을

했다. 사람이 죽은 집에 들어가는 것은 마음의
준비가 필요했다. 하지만 문을 여는 순간,
마음의 준비란 무의미하다는 것을 깨달았다.
텁텁한 공기와 엄청난 악취가 코를 찔렀는데,
냄새가 너무 심해서 딴생각은 할 수가 없었고,
집은 온몸으로 방문객을 밀어내는 듯했다.
무엇보다 알알이 냄새를 머금고 있는 공기
입자들이 마치 이모의 영혼인 것만 같았다.
사람에게서 나는 냄새보다 사람이 사라졌을
때 나는 냄새가 더 지독하구나. 효진은 창문을
열어 환기를 하며 생각했다. 그리고 냄새의
진원지인 욕실을 등진 채 곧바로 그녀는
이모의 방으로 향했다. 낡은 나무 침대와
스툴, 그리고 책상이 그대로 있었고 창문 아래
해진 여행 가방이 아무렇게나 놓여 있었다.
이모가 서울에 머물 때 가져온 가방이었다.
손잡이는 사람의 손처럼 부드러웠고 군데군데

가죽이 벗겨져 있었다. 5년 전 제주도를
찾았던 이모는 고향에서 3개월 정도 지내고
부부의 집에서 3주나 보냈지만 짐은 가벼운
체크무늬 여행 가방 하나가 전부였다. 그마저
내용물이 많지 않아 헐렁했다.

　　—이모, 짐이 이게 다예요?

　　효진이 물었을 때, 이모는 그게 왜
이상하냐는 듯이 한쪽 입꼬리를 올리며
알쏭달쏭한 표정을 지었다.

　　경섭의 우려와 달리, 효진은 이모의
여권을 금방 찾을 수 있다고 자신했는데,
그건 이모의 습관을 알기 때문이었다.
서울에서 머물 때 이모는 당장이라도 떠날
수 있을 것처럼, 짐을 풀거나 물건을 바닥에
부려놓지 않았다. 양치를 할 때마다 여행
가방에서 양치 도구를 꺼냈고, 사용한
뒤에는 가방 옆면에 달린 작은 포켓에 도로

꽂아두었다. 아침이 되면 잠옷을 잘 개어서 여행 가방에 보관했으며, 여권과 지갑은 늘 가방 앞주머니에 넣어두었다. 그리고 그 외의 자잘한 물건들 역시 모두 여행 가방에 보관했다. 이모가 묵었던 방은 머문 흔적 없이 아주 깔끔했다. 다만, 이모의 체취와 가방 손잡이의 가죽 부스러기만이 남아 있을 뿐이었다. 자신의 존재감은 드러내지 않는, 먼지 같은 사람. 그것이 효진이 그녀에 대해 갖고 있는 인상이었다. 그래서 작년, 이모의 집에 처음 방문했을 때 효진은 조금 놀랐다. 짐이 없을 것이라는 그녀의 예상과 달리 이모의 집은 세간살이로 넘쳐났고, 곳곳에 먼지가 가득했으니까. 이모는 자신의 공간에서만큼은 마음껏 펼쳐놓고, 어질러놓고 사는 사람이었던 것이다.

효진은 책상 옆에 놓인 체크무늬 여행

가방 앞주머니에서 이모의 여권을 찾을 수 있었다. 단 한 번 사용한 여권이었다.

　—아직 만료가 안 되었으니까 비행기 타실 수 있겠어.

　효진은 경섭에게 여권을 건네며 말했다.

　부부는 독일에서 간단하게 이모의 장례식을 치른 뒤, 제주도에서 가족들을 모아 두 번째 장례식을 치를 생각이었다. 그래서 영정 사진으로 쓸 만한 사진을 찾아 경찰에게 부탁해 챙길 요량이었다. 그런데 영정 사진은커녕 냉장고에도 사진 한 장 붙어 있지 않았고, 사진 앨범 같은 것도 보이지 않았다. 침대맡에 놓인 작은 탁상 액자가 전부였다. 사진 두 장을 위아래로 꽂은 것이었는데 한 장은 어머니와 마루에서 찍은 사진이었고, 다른 한 장은 젊은 시절, 제주도 바닷가에서 빨간 비키니를 입고 찍은 사진이었다. 두 장

모두 영정 사진으로 쓸 만한 것은 아니었지만
효진은 그 사진을 발견한 것이 내심 기뻤다.
이모는 빨간 비키니 사진을 머리맡에 두고
잔 사람이었어. 언젠가 길자 씨에 대해
이렇게 말할 수도 있을 테니까. 가족 없이,
타향에서 독신으로 살다가 외로운 죽음을
맞이했다고 이모의 인생을 요약하고 싶지는
않았다. 그렇게 결론짓는 것은, 상상의 태만이
아닐까. 효진은 액자를 품에 안았다. 황금
사과를 만져버렸군. 효진은 속으로 생각하며
경찰에게 사진 한 장을 챙겨도 되는지
물어보았다.

    경섭은 무너진 푸른 책장을 둘러보던
참이었다. 작년에는 건재했던 책장이었다.
책장에는 빈틈이 없을 정도로 책이 꽂혀
있었는데, 아래 칸이 무너져 있었다. 경섭은

종종 사물에게도 생명과 마음이 있다는
인상을 받곤 했다. 이사를 하던 날 고장 난
탁상시계, 윙윙거리더니 작동을 멈춘 카세트
플레이어. 그는 어떤 사물들이 떠나거나
죽는 시점을 스스로 정한다는 인상을 종종
받았다. 그들이 사라지는 방식은 이따금
감동적이기까지 하다. 할 일을 다 했다고
온몸으로 표현하는 것 같달까. 그는 고장
난 사물들을 수리하거나, 잃어버린 물건을
굳이 찾으려 하지 않았다. 사라짐은 사물의
결정이라고, 사물마다 결말을 쓰는 방식은
다르며 그것을 존중해야 한다고 그는 믿었다.
더 이상은 할 수 없다고 자폭해버리는 순간들.
그런 사라짐을 경섭은 아름다운 항복이라고
이름하고 싶었다.

경섭은 무너진 책장과 서랍에서 찾은
서류와 종이 쪼가리들을 거실 식탁 위에

부려놓았다. 모두 독일어로 쓰인 것들이어서
중요한 것과 아닌 것을 분간하기 어려웠기
때문에 그는 되는대로 카메라에 담았다.
하지만 대부분 쓸모없는 것들이라는 걸
머지않아 알 수 있었다. 전단지, 슈퍼마켓
카탈로그, 약국 영수증, 독촉장 같은 것들이
대부분이었으니까. 그러던 중, 경섭은 서류들
사이에서 갈색 수첩을 발견했다. 모서리는
해지고 겉표지는 마모된, 뚱뚱한 갈색
수첩이었다. 펼쳐보았는데, 역시 독일어로
쓰여서 읽을 수가 없었다. 통화하면서 끄적인
메모와 알 수 없는 글귀가 전부였다. 대부분
파란 유성펜으로 쓰인 것들이었고 강한
필압에서 주관이 명확하고 꼼꼼한 이모의
성격을 엿볼 수 있었다. 그런데 페이지를
넘기던 중, 독일어 문장 사이에 몸을 숨기고
있는 한국어가 경섭의 시선을 사로잡았다.

꾹꾹 눌러쓴, 푸른 독일어 문장들과 달리,
종이에 살며시 얹힌 듯 존재감이 없는
문장이었다. *한국에 가기가 너무 힘들다.* 이
연한 연필로 쓰인 그 문장은, 수첩에 떨어진
힘없는 머리카락 같아서 손가락으로 떼어낼
수 있을 것 같았다. 손바닥으로 쓸면 번지고,
두 번 쓸면 사라질 것처럼 희미했다. 경섭은
즉시 자신의 감정을 외면했다. 그는 극심한
상황에서는 감기에도 안 걸린다는 얘기를
들은 적이 있었다. 감기도 미룰 수 있는데
슬픔을 왜 못 미루겠나. 경섭은 냉큼 혼잣말을
했다.

　　—이모, 이왕 쓸 거 이것도 독일어로
써서, 못 알아듣게 하지!

　　문가에 서 있던 경찰이 5분 남았다고
알렸을 때, 경섭은 이게 다 무슨 소용일까
하는 생각이 들었다. 그러나 중요한 게 뭘까.

그는 무엇이 중요한지 알 수 없었고, 중요한
것은 없는 게 아닐까, 생각했다. 그는 촬영을
멈추고 욕실 쪽으로 걸어갔다. 그리고 잠시
망설이다가 문을 열고 조명 스위치를 눌렀다.
욕실 불은 여전히 들어오지 않았다. 욕조
가장자리에는 곰팡이가 피어 있었으며, 타일
사이사이에는 오래된 때가 끼어 있었다.
어두워서 잘 보이지는 않았지만 경섭은
이모가 쓰러진 자리를 짐작할 수 있었다.

　─정말 다 보이네.

　경섭은 냄새가 빠지도록 화장실 문을
열어두었다.

10

　여권과 액자를 챙겨 밖으로 나온 경섭과
효진은 지하철을 타고 이동하는 동안 아무

말도 하지 않았으며 중앙역에서 환승하여
슈테판스플라츠 역에 내린 다음, 숙소에 가서
속옷과 양말, 겉옷을 모두 벗어 빨래 바구니에
담고, 집에서 가장 가까운 무인 빨래방으로
가져가 냄새가 빠지도록 깨끗하게 세탁했다.

11

이모의 죽음이 자연사로 결론이 나면서
부검은 진행하지 않게 되었고 그들은
예정보다 일찍 장례식을 치를 수 있었다.
장례식장은 햇빛이 가득하고 고요했다.
이모의 관은 바퀴가 달린 구조물 위에 놓여
있었다. 부영사는 시신이 훼손된 정도를
고려해서 뚜껑을 닫는 것을 제안했다. 경섭은
이모의 마지막 모습을 봐야 하지 않을까
고민했지만, 관 속의 모습을 마지막 모습으로

기억하고 싶지 않았다. 그는 알스터 호수를 함께 걸었던 모습을 이모의 마지막 모습으로 남기고 싶었다.

그들은 이모가 좋아하던 붉은 장미로 관을 장식했으며, 작은 테이블을 마련하여 과일과 빵 그리고 주스를 올려두었다.

조문객은 그들이 전부였다.

12

장례식을 치른 날, 경섭의 꿈에 이모가 나왔다.

꿈속에서 경섭은 침대가 딱딱해서 잠에서 깼다. 눈을 끔뻑이며 몸을 일으켜 세웠는데, 그가 깔고 누운 건 허름한 나무 관이었다. 나무 관은 장례식장에서 봤던, 바퀴가 달린 구조물에 얹혀 있었고 누가 뒤에서 밀고 있었다.

　—이모!

　절벽으로 둘러싸인 좁은 자갈길에는 수십 개의 관이 아무렇게나 놓여 있었다. 금박 칠을 한 관, 밤색 관, 은색 관. 곳곳에 옹이가 박힌 관, 나무의 결이 선명하고 틈새가 벌어진 관.

　—지금 몇 시예요?

　—죽었는데 몇 시인지가 궁금하냐?

　이모는 씨익 웃었다.

　—어디 가요?

　—달 보러.

　바람에 이모의 앞머리가 날렸다.

　—뭐 중요한 약속이라도 있나?

　—중요한 거…….

　경섭은 중요한 것에 대해 생각했다. 더 이상 중요한 것이 없다는 게 죽음의 좋은 점이 아닐까, 이런 생각을 하다가, 잠을 잘

자는 것이 중요하다고 생각했으며, 그보다
더 중요한 것은 없었으면 좋겠다고 생각했다.
이모는 바닥에 놓인 관들을 요리조리
피하며 관을 밀었다. 바퀴에 작은 자갈이
부딪히며 자박자박 소리가 났고 달은 아직
보이지 않았다. 이모는 더 걸으면 달을 볼 수
있다고 했다. 달은 언제나 너무 멀리 있다.
그렇게 멀리 있으면 보이지 않아야 하는 거
아닌가. 터무니없이 멀리 있기 때문에, 몇
걸음 걷는다고 해서 달과 가까워질 리 없다.
너무 멀리 있기에, 몇 걸음 걷는 게 아무런
영향을 미치지 않을 것 같지만, 방향을 잘
잡고 조금만 걸으면 달을 보게 된다. 경섭은
그런 관계가 이상하다고 느꼈다. 너무 멀면
어디에서나 보이거나 어디에서도 보이지
않아야 하는 거 아닌가.

이모는 길 가장자리에 놓인 관 앞에서

걸음을 멈추었다. 안개꽃과 노란 수선화가
관을 감싸고 있었고, 이모는 꽃을 보고 기분이
좋아진 것 같았다.

　—건드리지 마소.

　옆에 있던 노인이 말했다.

　—댁들은 어디들 가소?

　노인이 물었다. 해가 서서히 저물며
하늘을 붉게 물들였다. 절벽 아래로 그림자가
길게 드리워져 어두운 부분과 밝은 부분이
선명히 구분되었다. 관들은 해 질 녘의 빛을
받아 각기 다른 모습이었다. 은빛 관은
서늘하게 빛났으며 나무 관은 짙은 갈색이
되었다. 어디로 가고 싶은지는 아무도 모른다.

　뒤를 돌아보니 이모는 보이지 않았다.

13

부부는 올스도르프역을 올스톱이라 줄여 불렀다.

—여기에서 모두 스톱하는 거지.

경섭의 농담에 효진은 웃었다.

391헥타르에 이르는 넓은 면적을 자랑하는 올스도르프 공원에는 묘지와 화장터, 예배당, 숲과 정원이 한데 어우러져 있으며, 약 140만 명이 묻혀 있었다. 안내판 속 공원은 울퉁불퉁한 직사각형이었고, 지도에는 여러 색의 원이 표시되어 있었는데 기억과 침묵을 상징하는 푸른색 원은 예배당과 기념비의 위치를, 신체와 정신을 상징하는 녹색 원은 묘지 및 예술 설치물의 위치를 표시했다. 그 외에도 노란색, 빨간색, 보라색 등 색색의 원이 지도를 수놓았으며, 화장터는 주황색

원으로 표시되어 있었다.

　부부는 화장터에 최대한 늦게 도착하려고
느리게 느리게 걸었다. 그들은 곧 한국으로
돌아간다. 이모의 사망진단서가 발급되면,
유골을 가지러 다시 독일을 방문할
예정이었다. 그리고 그다음엔 뭘 하지. 경섭은
거기까지는 생각하지 않기로 했다. 산책로를
걷다 보면 간격을 두고 띄엄띄엄 떨어져 있는
묘석을 발견할 수 있었는데, 그들은 제각각
자기만의 공간과 방을 지니고 있는 것 같았다.
묘석은 별다른 구획 없이 공원 전체에 골고루
분산되어 있었다. 삶과 죽음은 한 몸이었다.

　화장터는 짙은 벽돌 건물로, 중앙에
삼각형의 구조물이 솟아 있었고 경사면을
따라 차광 필름을 덧댄 긴 창문이 배열되어
있었다. 그래서 햇빛이 잘 드는 장례식장과
달리 음침했다. 장례와 화장 절차를 도와준

장례지도사 미하엘은 경섭과 비슷한
연령대였고, 활력이 넘치며 수다스러웠다.
부영사의 주선으로 그를 소개받았을 때,
효진은 그가 장례지도사라는 직업과 잘
어울리지 않는다고 생각했다. 그는 무슨
좋은 일이라도 있는 사람처럼 호탕하게
웃었고, 실없는 농담을 던지곤 했다. 그리고
사적인 이야기를 늘어놓기도 했다. 사춘기
딸이 말을 안 들어서 고생이라는 얘기,
자신이 왕년에 가수가 될 뻔했다는 얘기
등. 그리고 원래대로 식을 치르려면 최소한
2주는 기다려야 하지만, 사정을 고려해서
특별하게 식을 앞당겨준 거라고 여러 차례
생색을 내기도 했다. 게다가 부탁하지도
않았는데 올스도르프 공원을 구석구석
구경시켜 주었다. 그는 영어와 독일어를
섞어서 얘기했고, 부부가 알아듣든 말든

개의치 않고 끊임없이 말했다. 하지만
부부는 그의 몸짓과 손짓 그리고 과장된
표정을 통해 얼추 알아들을 수 있었다. 그가
늘어놓는 말들은 장례식과 관련이 없는
것들이 대부분이었지만, 부부는 혼을 빼놓을
만큼 말을 쏟아내는 그 장례지도사가 어쩐지
고마웠다. 그리고 엄숙한 화장터에서 재회한
미하엘에게 부부는 어느새 심정적으로
의지하고 있었다.

　미하엘은 기다렸다는 듯이 화장터 투어를
시작했다. 그는 복도의 전시물들을 하나씩
설명했다. 고인의 얼굴을 석고로 뜬 조각,
금속 십자가, 유골함, 쓰임을 알 수 없는 여러
금속과 원판 등. 그러던 중 미하엘은 한 석고
받침대 앞에서 걸음을 멈추었다. 그는 받침대
위에 놓인, 긴 곡선형의 금속 물체를 가리키며
용도를 맞혀보라고 했다. 반구형의 소켓이 공

모양의 헤드를 감싸고 있는, 카우보이 총처럼
생긴 물건이었다.

　미하엘은 자신의 골반을 손으로 툭툭
쳤다.

　—아, 인공 관절?

　경섭은 한국어로 말했는데, 미하엘은
빙고란다. 그것은 고인을 태우고 나온
마지막 사물이었다. 고인으로 하여금 걷기,
계단 오르기, 앉았다 일어나기 등 기본적인
활동을 가능케 해주었을 사물. 겉면에는
미세한 긁힘과 흠집이 나 있었다. 경섭은
왠지 그 사물에서 쉽게 눈길을 뗄 수 없어서
사진으로나마 남겨두었다.

　그들은 시간을 끌고 싶었고, 정신을 팔고
싶었다. 미하엘이 설명을 늘어놓는 동안,
부부는 자신도 모르게 마음의 준비를 하고
있었는지도 모른다. 설명을 마친 미하엘은

복도 끝을 가리켰다.

　셋은 그쪽으로 걸어갔다.

　복도를 꺾자, 경섭의 시선에 긴 레일이
들어왔다. 레일 위에는 이모의 관이 무심히
놓여 있었고 그 옆에는 검은 복장의 젊은
남자가 서 있었고 분위기는 엄숙했다. 그들은
고개를 끄덕이며 눈인사를 주고받았다.
그런데 경섭은 어색함을 덜고 그 사람의
기분을 풀어주고 싶었다. 웃어도 안 되고,
울어도 안 되고, 아무 표정도 지으면 안
되니까 힘들겠지? 경섭은 생각했다. 그래서
경섭은 웃으며 '잇츠 오케이'라고 말했는데,
남자는 아무 반응도 하지 않았다. 그는 그저
맞은편 벽을 쳐다볼 뿐이었다. 그리고 벽에는
붉은 스위치가 달려 있었는데, 미하엘은
그것을 가리키며, 누가 누를 것인지 결정해야

한다고 했다. 미하엘은 반드시 가족이 눌러야 하는 것은 아니라고 말했고, 버튼을 누르고 오랫동안 시달리는 사람도 있다고 덧붙였다. 벽 앞의 남자는 그 일을 하기 위해서 그 자리에 있는 것이기도 했다.

　—I will.

　경섭은 벽으로 다가갔고, 별 고민 없이 버튼을 눌렀다. 하지만 그 순간 그는 자신의 선택을 평생 후회하게 되리라는 걸 알았다. 이 순간이 지울 수 없는 도장처럼 인생의 한 페이지에 남겨지리라는 것을. 버튼을 누르자 지이잉, 하는 기계음과 진동이 어두운 방의 벽을 타고 네 사람에게 전달되었다. 이모의 관은 서서히 움직였으며, 닫혀 있던 철제 문이 올라갔다. 이모의 관은 그 내부로 진입했다. 그리고 아무 경고도 없이, 불이 점화되며 불길이 관을 감쌌다. 경섭은 자신이 이모를

그곳으로 밀어 넣었다는 느낌을 지울 수
없었다.

　—생각보다 오래 걸릴 겁니다.

　미하엘은 말했다. 불길은 높이 솟아오르며
굽이쳤다. 불은 살아 있는 생물 같았고,
짐승 같았다. 불길에 나무 관은 금세
형체를 잃을 것 같았지만, 견고했다. 네
사람은 말없이 그것을 지켜보았다. 불은
붉은색과 오렌지색으로 타오르며, 뱀처럼
관을 감쌌다. 그것은 때로는 사납게, 때로는
부드럽게 관을 감쌌고, 나무가 타는 소리와
함께 매캐한 연기가 피어올랐지만, 연기는
그들에게 전달되지 않았다. 나무가 갈라지며
타들어가는 소리가 어둠을 깨웠다. 관은
본래의 형태를 지키고 있었다. 만약 관에 넣은
물건이 그 이후의 세계로 전달된다면, 경섭은
이모의 관에 손전등을 넣었을 것이다. 그러나

밝게 타오르는 불길을 보며 경섭은 그 생각을
거두었다.

　　—난 다 보여.

　　경섭은 어두운 욕실에서 이모가 했던
말을 되새겼다. 그는 이모의 말을 믿기로
했다.

작가의 말

앤아버에 강이 있다고 들었습니다.
가볼 생각은 미처 해보지 못했습니다. 강에
관해서라면 바라보는 것 외에 무엇을 해야
하는지 잘 모르겠거든요. 강은 애매하게 멀리
있습니다. 걸어서 30분, 왕복 한 시간입니다.
강에 대해 구체적으로 생각하게 된 것은 직접
그곳에 가본 이후입니다.

그날, 카페에서 친구를 만났습니다.
시인이기도 한 친구의 이름은 물고기입니다.

물을 좋아해서 제가 붙여준 별명이지요. 요즘 저는 낯선 언어로 살아가는 것의 어려움에 관한 시를 씁니다. 그리고 친구들에게 시를 읽어달라고 부탁합니다. 서툰 언어로 쓰인 제 시가 원어민에게 어떻게 보이는지 저는 알 수가 없으니까요. 국을 끓였는데, 미각이 마비되어서 간을 볼 수가 없는 것처럼요. 간 좀 봐줄래? 그런 기분으로 친구들에게 시를 보여줍니다.

물고기가 제 시를 읽습니다. 그리고 제게 용기를 불어넣어 줍니다. 그리고

저를 걱정합니다. 어떤 것이든 좋으니, 알아듣지 못하거나 모르는 단어가 있으면 언제든지 물어보라고요. 그리고 물고기는 물었습니다.

강에 가볼래?

강이 어디에 있는지 물으니 낮은 곳을 잘
살피면 어디에서 물이 흐르는지 알 수 있다고
물고기는 답합니다. 우리는 걸었습니다. 강에
가까워질수록 길은 고요해졌습니다. 물고기는
오늘 새 두 마리가 창문에 부딪혀 떨어지는
장면을 목격했다고 했습니다.

슬프다.

저는 말했습니다. 그 정도는 그들의
언어로 말할 수 있습니다.
그런데 새는 슬프지 않을지도 모릅니다.
새는 어디론가 가고 있었고, 투명한 것에
부딪혔습니다. 새는 투명함이라는 개념을
몰랐으니까요. 문득, 새가 투명함이라는

개념을 알지 못하는 것이 멋지다는 생각이
들었습니다. 그런데 새도 어딘가 투명하지
않나요. 투명한 새가 투명한 창문에
부딪혔습니다. 그건 투명 인간이 투명 인간을
볼 수 없는 것과 같지요.

창문도 새를 알아보지 못했을까요.

마음속으로 이상한 대화를 지어내며
걸었습니다. 제 안에는 많은 말들이
웅크립니다. 그러나 그 말들은 밖으로
끄집어낼 수 없습니다. 알아듣지 못하고, 말할
수 없기에 저는 제 안에 온전히 거주합니다.
많은 말을 혼자 하고 혼자 듣습니다. 말을
극단적으로 하지 않으면, 말들은 제 안에
쌓이고, 비가 온 다음 날 바닥에 빗물이
스며들 듯 고요하게 스며듭니다. 그리고

그것이 저를 진정시킵니다. 때때로 하고 싶은
말을 한국어로 모조리 늘어놓고 싶지만, 말을
하지 않았을 때의 포만감이 마음에 들기도
합니다.

　　작은 부두에 도착했습니다. 사람들은 긴
나무판자 위에 띄엄띄엄 누워 있거나 앉아
있었습니다. 강은 아주아주 조용했습니다.
소리를 내지 않았고 투명했습니다. 두 귀를
벗어서 갑판에 내려놓고 식혔습니다. 언젠가
그 부두에 살게 될지도 모르겠다는 생각이
들었습니다. 나무판자는 잔잔하게 흔들렸고,
그래서 저 또한 강물과 함께 어디론가
흘러가는 것만 같았습니다. 그렇게 갑판에
앉아 있으면 멀리 온 기분이 드는데, 사실은
제자리라는 것이 마음에 들었습니다.

앤아버에 온 이후 처음으로 고요해. 내
귀가 쉬고 있어.

이 정도는 그들의 언어로 말할 수
있었습니다.

돌아올 때는 길이 흔들렸습니다.
오랫동안 흔들리는 나무판자 위에 있었기
때문에, 흔들림의 잔상은 집에 돌아올 때까지
지속되었습니다. 강을 보고 돌아오는 길에는
길이 아주 부드러워진다는 사실을 알게
되었습니다. 슬프지만 슬프지 않은 것들에
대해 생각했습니다.

앤아버에서
문보영

문보영 작가 인터뷰

Q. 이 소설의 제목 '어떤 새의 이름을 아는 슬픈 너'는 소설을 끝까지 다 읽은 다음에도 그 의미를 해석해보려 하면 어쩐지 알쏭달쏭한데요. 소설 안에는 진짜 새가 등장하는 장면이 없거든요. 오히려 "60년 전, 22세의 나이에 제주도를 떠나 독일행 비행기에 몸을 실은"(21~22쪽) 길자 씨가 하늘 높이 날아오르는 새처럼 느껴지지요. 제목은 어떤 의미를 갖고 있나요?

A. 제게도 아득한 제목이에요. 이
제목은 제 시작노트에 흩어져 있던 구절 중
하나였어요. 소설을 완성할 즈음, 문득 이
구절을 소설에게 주고 싶었어요. 제목을 짓는
건 때로 작품에 모자를 씌우는 것과 같아서,
본문에 적당한 그늘을 드리우고, 강렬한
햇빛으로부터 작품을 보호해요. 그래서 매번
모자를 고르는 재미가 있는데요, 이번에는
어떤 제목을 달아도 시원치 않았어요. 제목이
본문을 움켜쥐는 것 같았거든요. 모자를
씌우는 대신, 옆에 두면 어떨까, 싶었습니다.
본문과 제목이 조금은 데면데면했으면
했어요. 사실 '새'가 어디서 날아온 것인지
모르겠어요. 다만, 어떤 새에 관해 말해야
한다면, 최소한으로 묘사하고 싶었어요.
'어떤'이라는 느슨한 묘사만이 가능한
새였으면 했어요. 더불어 타인을 묘사할 때,

최대의 묘사는 '어떤'이 아닐까, 그 이상의 묘사가 가능한 걸까? 이런 고민을 품으며 소설을 썼습니다.

Q. 길자 씨는 좀처럼 자기 마음을 보여주지 않고, 타인에게 대단히 공감해주지도 않고, "한번 목표를 정하면 끝까지 밀고 나가는"(23쪽) 독립적이고 고집스러운 인물로 그려져요. 여자 혼자, 연고도 없는 타지에 건너가 살기 위해서는 반드시 필요한 자질이 아니었을까 하는 생각도 해보았는데요. 소설 속에서 길자 씨가 마음속의 연약한 속살을 보여주는 건 딱 한 번뿐이에요. "한국에 가기가 너무 힘들다."(53쪽) 쓸면 사라질 것처럼 희미하게 그려지는 이 장면이 나타나기 전까지의 길자 씨는 한국과 자신의 고향을 별로 좋아하지도, 그리워하지도 않는 것 같아요. 길자 씨는 왜 한국에 가고 싶었을까요? 60년을 독일에서 산 길자 씨에게도 한국에 가는 것은 '돌아가는' 것이었을까요?

A. 그 장면을 쓸 때 고전했어요.
'한국에 가기가 너무 힘들다'라는 고백이
자칫 독일에서의 길자의 삶을 부정할까 봐
염려되었거든요. 그녀를 이방에서 쓸쓸한
결말을 맞이한 인물로 그리고 싶지 않았어요.
길자의 복잡하고 알쏭달쏭한 삶을, 제가
원하는 서사로 용해해버리는 건 아닐까 겁이
났습니다. 그런데 한국에 가고 싶다는 말은
길자가 내뱉은 무수한 말 중 하나일 뿐이라고
생각해요. 그 말이 큰 무게를 지니지 않기를
바라요. 길자가 더 오래 살았다면, 한국에
오고 싶다는 마음은 바뀌었을지도요. 그
점에서, 편집자님의 질문이 참 흥미로워요.
말씀대로 한국에 가는 것은 더 이상
'돌아가는' 것이 아니었을지도 몰라요.

Q. 소설은 어떤 죽음에 대해 이야기하고 있어요. "가족 없이, 타향에서 독신으로 살다가"(50쪽) 맞이하는 죽음. '고독사' '객사'라는 단어로 간단히 요약되고는 하죠. 타인의 생애를 평가하고 정의하면서 경솔하게 사용하고 마는 단어일지도 몰라요. 길자 씨의 죽음을 '외롭다'고 표현하는 것은 부당해 보이거든요.

A. 맞아요. 다시 제목으로 돌아가게 되네요. 새가 슬프다고 말하는 건 그 새를 바라보는 '너'일 뿐이에요. 슬픈 건 '너'이지 '새'가 아니니까요. 그래서 이 소설은 새를 바라보는 것에 실패한 사람의 이야기인지도 모르겠습니다. 소설을 쓰던 도중 종종 슬픔에 빠지기도 했지만, 슬픈 건 저일 뿐, 길자가 아닐 거예요.

Q. '죽음'과 그 이후의 모습에 대해 생각해본 적 있으신가요? 이를테면 내 장례식, 장례식장에서 틀어놓고 싶은 노래 같은 것이요.

A. 죽음 이후에 대해 많이 생각했어요.
처음 이 소설은 길자의 사후 세계와 길자의
발자취를 따라가는 부부의 이야기가 교차되는
구성으로 쓰였어요. 사후 세계의 풍경을 조금
요약하자면, 길자는 길 한복판에서 깨어나요.
긴 줄이 있고, 사람들은 모두 관을 가지고
있죠. 길은 조금씩 짧아집니다. 사람들은 관을
이고 앞으로 나아가요. 그리고 다시 길바닥에
나앉아 살아갑니다. 그 세계에서 관은
물건을 수납할 수 있는 유일한 사물이에요.
사람들은 저마다 다른 물건을 관에 보관하고,
필요한 물건이 있다면 물물교환해요.
선크림이 필요한 사람도 있고, 이불이 필요한
사람도, 수면제가 필요한 사람도 있죠.
그리고 죽은 사람들도 점을 봐요. 그들도
미래를 궁금해해요. 그런 풍경을 그리다가
포기했어요. 쓸수록 아무것도 아는 게 없다는

생각이 들었거든요.

음, 장례식장에서 틀 음악을 고른다면,
Eloise의 〈Wanderlust〉라는 곡이 떠오르네요.
저는 현재 앤아버라는 도시에서 이방의
언어로 시를 쓰고 있어요. 그래서 길자를
떠올리는 시간이 잦아졌어요. Wanderlust는
방랑벽이라는 뜻이지만, 제멋대로 번역하면
방황 소망, 두리번거리기 욕망, 거닐고 싶은
열망이 되기도 해요. 이렇게 번역하면 하나도
슬프지 않아요!

Q. 소설은 포르투갈로 은퇴 여행을 떠난 경섭과 효진 부부의 시선을 따라 길자 씨가 생을 마감한 독일의 한 아파트에 다다릅니다. 시에서만 찾을 수 있는 섬세하고 감각적인 표현들이 곳곳에 스며 있는 동시에, 독자들을 작품 속 배경으로 끌어들이는 내러티브도 놓치지 않으셨어요. 시와 소설은 어떻게 다르고, 또 어떤 지점에서 맞닿는다고 느끼셨나요?

A. 소설은 천천히 가는 법을 알려줘요. 시는 부대끼는 시간이 길지 않아요. 다 쓰고 이내 다음 시로 넘어가니까요. 그래서 끝내는 것에 익숙하게 만들어요. 끝, 이라는 것에 큰 의미를 부여하지 않는 방법을 배우죠. 그런데 소설은 하루 만에 쓰지 못하잖아요. 오늘이 담을 타고 내일로 넘어가요. 그래서 오늘과 내일이 계속 손을 잡고 있는데, 뭐랄까, 적응이 잘 안 돼요. 어제가 오늘에게, 오늘이 내일에게 계속 연락을…… (하지만 전 답장하지 않죠……) 소설을 붙들고 있으면 오늘이 내일이 되고, 내일이 내일모레가 되는 것을 감각하게 돼요. 소설은 제게 시간이 어떻게 생겼는지 알려줘요.

Q. 작가님의 에세이 중에는 '내 방에서 살아남기'나 '전망 없는 작가들의 모임'처럼 방과 공간에 대한 유머러스한 고찰이 종종 눈에 띄어요. 소설 속에서도 인물들이 놓인 공간이 매우 구체적으로 그려지는 편인데요. 만약 작가님이 길자 씨의 "복도식 아파트 2층에 위치한, 햇빛이 잘 드는 방 한 칸짜리 작은 집"(19쪽)에 며칠 머무르신다면 어떤 형태로, 무엇을 하며 지내실까요?

A. 거실 창밖으로 지나가는 것들을 보고 싶어요. 아무것에도 이름을 붙이지 않고, 구체적으로 묘사하지 않고 바라만 보고 싶어요. 어떤 새, 어떤 나무, 어떤 삶, 어떤 사람, 어떤 길…….

한 조각의 문학, 위픽 (wefic)

연여름 《2학기 한정 도서부》
서미애 《나의 여자 친구》
김원영 《우리의 클라이밍》
정지돈 《현대적이라고 말할 수 없는 죽음들》
이서수 《첫사랑이 언니에게 남긴 것》
이경희 《매듭 정리》
송경아 《무지개나래 반려동물 납골당》
현호정 《삼색도》
김 현 《고유한 형태》
이민진 《무칭》
김이환 《더 나은 인간》
안 담 《소녀는 따로 자란다》
조현아 《밥줄광대놀음》
김효인 《새로고침》
전혜진 《고르디우스의 매듭을 자르면》
김청귤 《제습기 다이어트》
최의택 《논터널링》
김유담 《스페이스 M》
전삼혜 《나름에게 가는 길》
최진영 《오로라》
이혁진 《단단하고 녹슬지 않는》
강화길 《영희와 제임스》
이문영 《루카스》
현찬양 《인현왕후의 회빙환을 위하여》
차현지 《다다른 날들》
김성중 《두더지 인간》
김서해 《라비우와 링과》
임선우 《0000》
듀 나 《바리》
한유리 《불멸의 인절미》
한정현 《사랑과 연합 0장》
위수정 《칠면조가 숨어 있어》
천희란 《작가의 말》
정보라 《창문》
이주란 《그때는》
김보영 《헤픈 것이다》
이주혜 《중국 앵무새가 있는 방》

위픽은 위즈덤하우스의 단편소설 시리즈입니다.
'단 한 편의 이야기'를 깊게 호흡하는
특별한 경험을 선사합니다.

이 작은 조각이 당신의 세계를 넓혀줄
새로운 한 조각이 되기를.
작은 조각 하나하나가 모여
당신의 이야기가 되기를.

당신의 가슴에 깊이 새겨질
한 조각의 문학, 위픽

위픽 뉴스레터 구독하기
인스타그램 @wefic_book

- 70

어떤 새의 이름을 아는 슬픈 너

초판 1쇄 인쇄 2024년 10월 28일
초판 1쇄 발행 2024년 11월 13일

지은이 문보영
펴낸이 최순영

출판2 본부장 박태근
스토리 팀장 김소연
편집 곽선희 김다인 김해지
디자인 이세호

펴낸곳 ㈜위즈덤하우스   **출판등록** 2000년 5월 23일 제13-1071호
주소 서울특별시 마포구 양화로 19 합정오피스빌딩 17층
전화 02) 2179-5600   **홈페이지** www.wisdomhouse.co.kr

ⓒ 문보영, 2024

ISBN 979-11-7171-721-7 04810
         979-11-6812-700-5 (세트)

값 13,000원